KB080279

목넘이마을의 개

어르신 이야기책 _301 긴글

목넘이마을의 개

초판 1쇄 발행일 2018년 3월 9일

지은이 황순원
그린이 김영희
펴낸이 이원중

펴낸곳 지성사 출판등록일 1993년 12월 9일 등록번호 제10-916호
주소 (03408) 서울시 은평구 진흥로1길 4(역촌동 42-13) 2층
전화 (02) 335-5494 팩스 (02) 335-5496
홈페이지 지성사. 한국 | www.jisungsa.co.kr 이메일 jisungsa@hanmail.net

ⓒ 황순원 · 김영희, 2018

ISBN 978-89-7889-369-5 (04810)
      978-89-7889-349-7 (세트)

이 도서의 국립중앙도서관 출판예정도서목록(CIP)은 서지정보유통지원시스템 홈페이지
(http://seoji.nl.go.kr)와 국가자료공동목록시스템(http://www.nl.go.kr/kolisnet)에서
이용하실 수 있습니다. (CIP제어번호: CIP2018006010)

어르신 이야기책 _301 긴글

목넘이마을의 개

황순원 글 · 김영희 그림

지성사

어디를 가려도 목을 넘어야 했다.

남쪽만은 꽤 길게 굽이돈 골짜기를 이루고 있지만,

결국 동서남북 모두 산으로 둘러싸여 어디를 가려도

산목을 넘어야만 했다.

그래 이름 지어 목넘이마을이라 불렀다.

이 목넘이마을에 한 시절 이른 봄으로부터 늦가을까지

적잖은 서북간도 이사꾼이 들러 지나갔다.

남쪽 산목을 넘어오는 이들 이사꾼들은 이 마을에
들어서서는 으레 서쪽 산 밑 오막살이 앞에 있는
우물가에서 피곤한 다리를 쉬어가는 것이었다.

　대개가 단출한 식구라고는 없는 듯했다.
간혹 아직 나이 젊은 내외인 듯한 남녀가 보이기도 했으나,
거의가 다 수다한 가족이 줄레줄레 남쪽 산목을 넘어 와
닿는 것이었다.

젊은이들은 누더기가 그냥 내뵈는 보따리를 짊어지고,
늙은이들은 쩔룩거리는 다리를 질질 끌면서도 애들의
손목을 잡고 있었다.
여인들은 애를 업고도 머리에다 무어든 이고 있고.

8

이들은 우물가에 이르자 능수버들 그늘 아래서 먼저
목을 축였다.

쭉 한 차례 돌아가며 마시고는 다시 또 한 차례
마시는 것이었는데,

보채는 애, 아직 젖도 떨어지지 않은 어린것에게도
물을 먹이는 것이었다.

나지도 않는 젖을 물리느니보다 이것이 나을 성싶은
모양이었다.

다음에는 부릍고 단 발바닥에 냉수를 끼얹었다.

이것도 몇 차례나 돌아가며 끼얹는 것이었다.

어른들이 다 끝난 다음에도 애들은 제 손으로
우물물을 길어 얼마든지 발에다 끼얹곤 했다.

그러나 떠날 때에는 여전히 다리를 쩔룩이며
북녘 산목을 넘어 사라지는 것이었다.

　저녁 녘에 와 닿는 패는 마을서 하룻밤을 묵는 수도
있었다. 그럴 때에는 또 으레 서산 밑에 있는 낡은
방앗간을 찾아들었다. 방앗간에 자리 잡자 곧 여인들은
자기네가 차고 가는 바가지를 내들고 밥 동냥을 나섰다.

먼저 찾아가는 곳이 게서 마주 쳐다보이는 동쪽
산기슭에 있는 두 채의 기와집이었다.
그리고 바가지 든 여인의 옆에는 대개 애들이 붙어
따랐다. 그러다가 동냥밥이 바가지에 떨어지기가 무섭게
집어삼키는 것이었다.

바가지 든 여인들은 이따 어른들과 입놀림을 해봐야지
않느냐고 타이르는 것이었으나, 두 기와집을 돌아
나오고 나면 벌써 바가지 밑이 비는 수가 많았다.

이런 나그네들이 다음날 새벽 동이 트기 퍽 전인
아직 어두운 밤 속을 북녘으로 북녘으로 흘러 사라지는
것이었다.

　어느 해 봄철이었다.
이 목넘이마을 서쪽 산 밑 간난이네 집 옆 방앗간에
웬 개 한 마리가 언제 방아를 찧어보았는지 모르게
겨 아닌 뽀얀 먼지만이 앉은 풍구 밑을 혓바닥으로
핥고 있었다.
작지 않은 중암캐였다.

그리고 본시는 꽤 고운 흰 털이었을 것 같은,

지금은 황토물이 들어 누르칙칙하게 더러워진 이 개는

몹시 배가 고파 있는 듯했다.

뒷다리께로 바싹 달라붙은 배는 숨 쉴 때마다 할딱할딱

뛰었다.

무슨 먼 길을 걸어온 것도 같았다. 그리고 보면 목에

무슨 끈 같은 것을 맸던 자리가 나 있었다.

이렇게 끈에 목이 매여가지고 머나먼 길을 왔다는 듯이.

　전에도 간혹 서북간도 이사꾼이 이런 개의 목에다

끈을 매가지고 데리고 지나간 일이 있은 것처럼,

이 개의 주인도 이런 서북간도 나그네의 하나가 아닐까.

원래 변변치 않은 가구 중에서나마 먼 길을 갖고 가지

못할 것은 팔아서 노자로 보태고, 그래도 짐이라고

꾸려가지고 나설 때 식구의 하나인 양 따라나서는

개를 데리고 떠난 것이리라.

애가 있어 개를 기어코 자기네가 가는 곳까지 데리고

가자고 졸라대어 데리고 나섰대도 그만이다.

그래 이런 신둥이개를 데리고 나서기는 했지만,

전라도면 전라도, 경상도면 경상도 같은 데서

이 평안도까지 오는 새에, 해 가지고 떠나온 기울떡 같은

것도 다 떨어져, 오는 길길에서 빌어먹으며 굶으며 하는

동안, 이 신둥이에게까지 먹일 것은 없어,

생각다 못해 길가 나무 같은 데 매놓았는지도 모른다.

16

누가 먹일 수 있는 사람이 풀어다가 잘 기르도록 바라서.

그래 신둥이는 주인을 찾아 울 대로 울고, 있는 힘대로
버르적거리고 하여 미처 누구에게 주워지기 전에
목에 맸던 끈이 끊어져 나갔는지도 모른다.

이래서 주인을 찾아 헤매다가 이 목넘이마을로
흘러들어왔는지도.

혹은 서북간도 나그네가 예까지 오는 동안 자기네가
가는 목적지까지 데리고 갈 수 없음을 깨닫고
어느 동네를 지나다 팔아버렸는지도 모른다.

혹은 또 끼니를 얻어먹은 집의 신세갚음으로

잘 기르라고 주고 갔는지도. 그것을 신둥이가 옛 주인을

못 잊어 따라나섰다가 이 마을로 흘러들어왔는지도.

그리고 보면 또 신둥이 몸에 든 황토물도 어쩐지

평안도 땅의 황토와는 다른 빛깔 같았다.

그리고 지금 방앗간 풍구 밑을 아무리 핥아도 먼지뿐인

것을 안 듯 연자맷돌께로 코를 끌며 걸어가는

뒷다리 하나가 사실 먼 길을 걸어온 듯 쩔룩거렸다.

신둥이는 연자맷돌도 짤짤 핥아보았으나 거기에도

덮여 있는 건 뽀얀 먼지뿐이었다.

그래도 신둥이는 그냥 한참이나 그것을 핥고 나서야
핥기를 그만두고, 다시 코를 끌고 다리를 쩔룩이며,
어쩌면 서북간도 나그네인 자기 주인이 어지러운 꿈과
함께 하룻밤을 머물고 갔을지도 모르는,

그러니까 어쩌면 이 방앗간에서들 자기네의 가련한
신세와 더불어 길가에 버려두고 온 이 신둥이의 일을
걱정했을지도 모르는, 이 방앗간 안을 이리저리 다 돌고
나서 그곳을 나오는 것이었다.

　방앗간을 나온 신둥이는 바로 옆인 간난이네 집
수수깡 바자문(대, 갈대, 수수깡, 싸리 따위를 발처럼 엮어서
만든 문) 틈으로 들어갔다.

토방 밑에 엎디어 있던 간난이네 누렁이가 고개를 들고
일어서더니 낯설다는 눈치로 마주 나왔다.

신둥이는 저를 물려고 나오는 줄로 안 듯 꼬리를 찰싹
올라붙은 배 밑으로 껴 넣고는 쩔룩거리는 걸음으로
달아나오고 말았다.

　게딱지 같은 오막살이들이 끝난 곳에 채전이 있었다.
신둥이는 채전 옆을 지나면서 누렁이가 뒤따라오지
않는다는 것을 안 다음에도 그냥 쩔룩거리는 반띔걸음으로
달렸다.

채전이 끝난 곳은 판이 고르지 못한 조각 뙈기 밭이었다.

조각 뙈기 밭들이 끝난 곳은 가물(가뭄)에는 물 한 방울

남지 않고 조약돌이 그냥 드러나는, 지금은 군데군데

끊긴 물이 괴어 있는 도랑이었다.

신둥이는 여기서 괴어 있는 물을 찰딱찰딱 핥아 먹었다.

   도랑 건너편이 바로 비스듬한 언덕이었다.

이 언덕 위 안쪽에 목넘이마을 주인인 동장네 형제의

기와집이 좀 새를 두고 앉아 있었다.

이 두 기와집 한중간에 이 두 집에서만 전용하는

방앗간이 하나 있었다.

신둥이는 이 방앗간으로 걸어갔다. 그냥 쩔뚝이는 걸음으로. 그래도 여기에는 먼지와 함께 쌀겨가 앉아 있었다. 신둥이는 풍구 밑을 분주히 핥으며 돌아갔다. 이러는 신둥이의 달라붙은 배는 한층 더 바삐 할딱이었다.

신둥이가 풍구 밑을 한창 핥고 있는데 저편에서 큰동장네 검둥이가 보고 달려왔다.

이 검둥이가 방앗간 밖에서 잠깐 걸음을 멈추고 이쪽을 향해 그 윤택한 털을 거슬러 세우면서 이빨을 시리물고 으르렁댔을 때, 신둥이는 벌써 이미 한군데 물어뜯기기나 한 듯이 깽 소리와 함께 꼬리를 뒷다리 새에 끼면서도 핥는 것만은 멈추지 않았다.

그러자 검둥이는 이내 신둥이가 자기와 적대할 상대가
안 된다는 것을 알아챈 듯이 슬금슬금 신둥이의 곁으로
와 코를 대보는 것이었다.

신둥이가 암캐인 것을 안 검둥이는 아주 안심된 듯이
곁에 서서 꼬리까지 저었다.
신둥이는 이런 검둥이 옆에서 또 자꾸만 온몸을
후들후들 떨었다. 그러나 짧는 것만은 여전히 멈추지
않았다.

신둥이는 풍구 밑이며 연자맷돌이며를 짧고 나서
두 집 뒷간에도 들렀다 와서는 풍구 밑에 와 엎디어버렸다.
그러고는 절로 눈이 감기는 듯 눈을 끔벅이기 시작했다.

점점 끔벅이는 도수가 잦아져가다가 아주 감아버리는
것이었다.

검둥이가 저만큼 떨어져 앉아서 이편을 지키고 있었다.

그날 저녁때였다. 큰동장네 집에서 여인의 목소리로,
워어리 워어리 하고 개 부르는 소리가 들려 나왔다.
검둥이가 집을 향해 달려갔다.

신둥이도 일어났다. 그리고 아까 핥아 먹은 자리를
되핥기 시작했다. 그러다 신둥이는 무엇을 눈치챈 듯
큰동장네 집으로 쩔뚝쩔뚝 걸어가는 것이었다.

사실 대문에서 들여다뵈는 부엌문 밖 개 구유에는
검둥이가 붙어 서서 첨첨첨첨 밥을 먹고 있었다.

신둥이는 저도 모르게 꼬리를 뒷다리 새에 끼고
후들후들 떨면서 그리로 가까이 갔다.

그러나 신둥이가 채 구유 가까이까지 가기도 전에
검둥이는 그 윤택한 털을 거슬러 세우며 흰 이빨을
시리물고 으르렁대기 시작하는 것이었다.
신둥이는 걸음을 멈추고 구유 쪽만 바라보다가
기다리려는 듯이 거기 앉아버렸다.

　좀 만에야 검둥이는 다 먹었다는 듯이 그 길쭉한 혀를
여러 가지 모양의 길이로 빼내가지고 주둥이를 핥으며
구유에서 물러났다.
신둥이는 곧 일어나 그냥 떨리는 몸으로 구유로 가
주둥이부터 갖다 댔다.

그래도 밑바닥에 밥이 남아 있었고, 구유 언저리에도

꽤 많은 밥알이 붙어 있었다.

신둥이는 부리나케 핥았다. 그러는 신둥이의 몸은 점점

더 떨렸다. 몇 차례 되핥고 나서 더 핥을 나위가 없이 된

뒤에야 구유를 떠나, 자기 편을 지키고 앉아 있는 검둥이

옆을 지나 그 집을 나왔다.

　신둥이가 다시 방앗간을 찾아가는데 개 한 마리가

앞을 막아섰다. 작은동장네 바둑이였다.

신둥이는 또 겁먹은 몸을 움츠릴밖에 없었다.

바둑이는 신둥이 몸에 코를 갖다 대었다.

그러자 이번에는 신둥이 편에서

무슨 냄새를 맡아낸 듯 코를 들었다.

그러고는 바둑이의 금방 밥을 먹고 나온 주둥이에 붙은
물기를 핥기 시작하는 것이었다.

　바둑이가 귀찮다는 듯이 자기 집 쪽으로 걸어갔다.
신둥이는 그 뒤를 바싹 따랐다. 바둑이는 자기 집
안뜰로 들어가더니 한가운데 자리를 잡고 앉아버렸다.
신둥이는 곧장 부엌문 앞 구유로 갔다.

　구유 바닥에는 큰동장네 구유 밑처럼 밥이 남아
있었고 언저리로 돌아가며 밥알이 꽤 많이 붙어 있었다.
신둥이는 급히 그것을 짤짤 핥아먹고 나서야
그곳을 나와 방앗간 풍구 밑으로 갔다.

　밤중에 궂은비가 내리기 시작했다.

이튿날도 그냥 구질게 비가 내렸다.

신둥이는 날이 밝자부터 빗속을 떨며 어제보다는 좀

나았으나 그냥 저는 걸음걸이로 몇 번이고 큰동장과

작은동장네 개구멍을 드나들었는지 몰랐다.

처음에는 몇 번을 왔다갔다 해도 구유 속은 궂은비에 젖어

있을 뿐, 좀처럼 아침먹이가 나오지 않는 것이었다.

그러는 동안에 밥이 나왔으나 이번에는 주인 개가

구유에서 물러나기를 기다려야 했다.

이렇게 해서 주인 개들이 먹고 남은 구유를 핥아 먹고,

그리고 뒷간에 들러 방앗간 풍구 밑으로 가서는 다시

누워버렸다.

낮쯤 해서 신둥이는 그곳을 기어나와 빗물을 핥아먹고
되돌아가 누웠다.

　저녁때가 돼서야 비가 멎었다.
신둥이는 또 미리부터 두 기와집 새를 여러 번
왔다갔다 해서 구유에 남은 밥을 얻어먹을 수 있었다.
이날 저녁은 작은동장네 바둑이가 입맛을 잃었는지
퍽이나 많은 밥을 남기고 있었다.

　다음날은 아주 깨끗이 갠 봄날이었다.
이날도 신둥이는 꼭두새벽부터 두 집 새를 오고 가고
해서야 구유에 남은 밥을 얻어먹을 수 있었는데,
이날 신둥이의 걸음은 거의 절룩거리지 않았다.

방앗간으로 돌아가자 볕 잘 드는 곳에 엎디어 해바라기를

시작했다.

늦은 조반 때쯤 해서 이쪽으로 오는 인기척 소리가

나더니, 두 동장네 절가(머슴)가 볏섬을 지고 나타났다.

절가가 지고 온 볏섬을 방앗간 안에다 쿵 내려놓고 온

길을 되돌아서는데, 절가와 어기어 키(곡식 따위를 까불러

쭉정이나 티끌을 골라내는 그릇)를 든 간난이 할머니와

망판(맷돌질을 할 때에 바닥에 까는 방석)을 인

간난이 어머니가 방앗간으로 들어섰다.

간난이 할아버지가 전에 동장네 절가살이를 산 일이 있어

뒤에 절가살이를 나와가지고도 이렇게 두 동장네

크고 작은 일을 제 일 제쳐놓고 봐주는 터였다.

간난이 어머니가 비로 한참 연자맷돌을 쓸어내는데

절가가 다시 볏섬을 지고 돌아왔다.

한 손에는 쇠고삐를 쥐고.

풀어헤치는 볏섬 속에서는 먼저 구들널기한 냄새가

풍겨 나왔다.

신둥이가 무슨 밥내나 맡은 듯이 섬께로 갔다.

그러자 절가가 개 편을 눈여겨보지도 않고 그저,

남 이제 한창 바쁠 판인데 개새끼 같은 게 와서

거추장스럽다고 발을 들어 신둥이의 허리를 밀어찼다.

그다지 힘줘 찬 것도 아니건만 꿋꿋하고 억센 다리라

신둥이는 그만 깽 소리를 지르며 옆으로 나가 쓰러졌다.

신둥이는 다시 해바라기하던 자리로 가 눕고 말았다.

첫 확(절구의 아가리에서 밑바닥까지의 부분)을 거의 다
찧었을 즈음, 작은동장이 왔다.

작달막한 키에 머리를 빡빡 깎았다. 얼굴의 혈색이 좋아
마흔 가까운 나이가 도무지 그렇게 뵈지 않는
작은동장은 방앗간 안으로 들어서며 다부진 몸집처럼
야무진 목소리로,

"잘 말랐디?"

했으나 그것은 무어 누구에게 물어보는 말은 아니었던
듯 누구의 대답도 기다리지 않고,

"깨디디 않두룩 찧게."

했다.

소 뒤를 따르던 간난이 할머니가 연자의 쌀을 한 옴큼 쥐어 눈 가까이 갖다 대고 찧어지는 형편을 살피고 나서 말없이 도로 놓았다. 잘 찧어진다는 듯.

작은동장이 돌아서다가 신둥이를 발견했다.

"이게 누구네 가이(개)야?"

절가와 간난이 할머니와 간난이 어머니가 이쪽으로 고개를 돌릴 새도 없이, 작은동장의 발길이 신둥이의 허리 중동을 와 찼다.

신둥이는 뜻 않았던 발길에 깽 비명을 지르며 달아날밖에 없었다.

얼마를 와서 그래도 이 방앗간을 떠나지 못하겠다는
듯이 뒤돌아보았을 때에는 벌써 절가와
간난이 할머니와 간난이 어머니는 그게 누구네 개건
내 아랑곳 아니라는 듯이 자기네 일에만 열중해
있었는데 다만 작은동장만이 이쪽을 지키고 섰다가
돌멩이라도 쥐려는 듯 허리를 굽히는 게 보여
신둥이는 다시 있는 힘을 다해 달아나야 했다.

비스듬한 언덕길을 내리기 시작하는데 과연 돌멩이
하나가 날아와 옆에 떨어졌다.

   신둥이는 어제 비에 제법 물이 흐르는 도랑을 건너,
김선달이랑이 일하는 조각 뙈기 밭 새를 지나기까지
그냥 뛰었다.

이런 신둥이는 요행 다리만은 절룩이지 않았다.

　서쪽 산 밑 간난이네 집 옆 방앗간으로 온 신둥이는
또 먼지만 내려앉은 풍구 밑으로 가 누웠다.
그러나 얼마 뒤에 신둥이는 그곳을 나와 다시 동장네
방앗간을 찾아가는 것이었다.

비스듬한 언덕을 올라 방앗간 쪽을 바라보는 신둥이는
그곳에 작은동장의 모양이 뵈지 않음에 적이 안심된 듯
그쪽으로 발을 옮기기 시작했으나 문득 지금 한창
풍구를 두르고 있는 것을 보매,
우악스러울 것만 같은 절가에게 눈이 가자 주춤 걸음을
멈추고 그편을 한참 지켜보다가 그만 돌아서 온 길을
되걷는 것이었다.

낮이 기울어서야 간난이 할머니와 간난이 어머니가
앞집 수수깡 바자울타리를 끼고 이리로 오는 것이
보였다. 간난이 할머니와 간난이 어머니는 자기네 집으로
들어가기 전에 이쪽을 바라보았다.

신둥이는 이들이 자기를 어쩌지나 않을까 싶어 일어나
피하려는 눈치를 보였으나 두 여인은 물론 신둥이를
어쩌는 일 없이 자기네 집으로 들어가버렸다.

　신둥이는 그 길로 동장네 방앗간으로 갔다.
방앗간은 비로 한 번 쓸었으나, 그래도 여기저기
꽤 많은 쌀겨가 앉아 있었고, 기둥 같은 데도
꽤 두툼하게 겨가 붙어 있었다.
신둥이는 풍구 밑부터 들어가 마구 핥았다.

그날 초저녁이었다.

신둥이가 큰동장네 대문 안에 서서 지금 거의 다

먹어가는 검둥이의 구유 쪽을 바라보고 섰는데,

방문이 열리며 큰동장이 나왔다.

역시 작은동장처럼 작달막한 키에 머리를 빡빡 깎았다.

또한 혈색이 좋아 아주 젊어 보였다.

얼른 보매 작은동장과 쌍둥이나 아닌가 싶게 그렇게

모습이 같았다. 그러지 않아도 처음 보는 사람은

이 두 사람을 서로 바꿔 보는 수가 많았다.

이 큰동장이 뜰로 내려서면서 지금 구유 쪽에만 정신이

팔려 있는 신둥이를 발견하자 보지 못하던 개임에,

이놈의 가이새끼, 하고 발을 굴렀다.

목소리마저 작은동장처럼 야무졌다.

신둥이는 깜짝 놀라 개구멍을 빠져 달아나고 말았다.

　큰동장이 대문을 나서는데 마침 저녁을 먹고 이리로

나오던 작은동장이 신둥이를 보고 이 개가 오늘 아침에

자기가 방앗간에서 쫓은 개라는 것과 지금 또

이 개가 형한테 쫓겨 달아나는 사실에 미루어,

언뜻 보지 못하던 이놈의 개새끼가 혹시 미친개나 아닌가

하는 생각이 든 듯, 갑자기 야무진 목청으로,

미친가이 잡아라! 하고 고함을 지르는 것이었다.

그러자 큰동장 편에서도 지금 꼬리를 뒷다리 새로 끼고

달아나는 뒷배가 찰딱 올라붙은 저놈의 낯선 개새끼가

정말 미친갠지도 모른다는 생각이 든 듯,

데놈의 미친가이 잡아랏 소리를 따라 질렀는가 하자
대문 안으로 몸을 날려 손에 알맞은 몽둥이 하나를
집어들고 나오더니 신둥이의 뒤를 쫓으며 연방,
미친가이 잡아랏 소리를 질렀다.

　동장네 형제가 비스듬한 언덕까지 이르렀을 때
신둥이는 벌써 조각 뙈기 밭 새를 질러 달아나고 있었는데,
마침 늦도록 밭에 남아 있던 김선달이 동장네 형제의
미친개 잡으라는 고함 소리를 듣고 두리번거리던 참이라,
이놈의 개새끼가 미친개로구나 하고 삽을 들고
신둥이의 뒤를 쫓아가기 시작했다.

동장네 형제는 게서 더 신둥이의 뒤를 쫓을 염은 않고,
두 형제가 서로 번갈아, 미친가이 잡아랏 소리만 질렀다.

그것은 마치 자기네의 목소리를 듣고 김선달이 한층 더

기운을 내어 쫓아가 그 삽날로 미친개의 허리 중동을

내리찍도록 하라는 듯한,

그리고 자기네의 목소리를 듣고 어서 저쪽 서산 밑

사람들도 뭐든 들고 나와 미친개를 때려잡으라는 듯한

그런 부르짖음이었다.

이 부르짖음은 신둥이가 서쪽 산 밑 오막살이 새로

사라져 뵈지 않게 되고,

사이를 두어 김선달의 그 특징 있는 뜀질할 때의

윗몸을 뒤로 젖힌 뒷모양이 뵈지 않게 된 뒤에도

그냥 몇 번 계속되었다.

동장 형제의 목울대를 돋운 부르짖음이 그치자
아까보다도 별나게 고즈넉해진 것만 같은 이른 저녁
속에 서쪽 산 밑 사람들의 웅성거리는 소리가 바로
손에 잡히게 솟아오르더니,
좀 사이를 두어 엷은 안개가 어리기 시작하는 속을
몇몇 동네 사람들을 뒤로하고 김선달이 나타났다.

첫눈에 미친개를 못 잡은 것만은 분명했다.
그래도 김선달이 채전을 지나 조각 뙈기 밭 새로
들어서기 전에 작은동장이 그쪽을 향해 소리를 질렀다.

"어떻게 됐노오?"

그것은 제가 질러놓고도 고즈넉한 저녁 속에서는
너무 지나치게 큰 소리를 질렀다고 생각되리만큼
큰 고함 소리가 되어 퍼져나갔다.

　　대답이 없다. 그것이 답답한 듯 이번에는 큰동장이
같이 크게 울리는 고함 소리로,

　　"어떻게 됐어, 응?"
했다.

　　"파투웨다. 그놈의 가이새끼 날래기가 한덩(한정)이
있어야디요. 뒷산으루 올라가구 말았이요."

　　이것이 무슨 조화일까.

김선달의 말소리가 바로 발밑에서 하는 말소리 같으면서도

또 한껏 먼 데서 들려오는 말소리 같음은?

그만큼 고즈넉한 산골짜기의 이른 저녁이었다.

"그래 아무리 빠르믄 따라가다 놔뿌리구 말아?

무서워서 채 따라가딜 못한 게로군.

그까짓 가이새낄 하나 무서워서……."

큰동장의 말이었다.

김선달은 노상 무섭지 않은 것도 아니라는 듯,

그렇게 곧잘 누구나 웃기는 익살꾼답지 않게

큰동장의 말에는 아무 대꾸도 없이, 안개 속을 좀 전에

일하던 밭으로 들어가 호미랑 찾아 드는 것이었다.

이날 어두운 뒤, 서쪽 산 밑 사람들은 아직 마당에들 모여 앉기에는 좀 철 이른 때여서 몇 사람 안 되는 사람들이 차손이네 마당귀에 쭈그리고 앉아 금년 농사 이야기며 햇보리 나기까지의 양식 걱정 같은 것을 하던 끝에, 오늘의 미친개 이야기가 나왔다.

그러자 김선달이, 바로 그젯밤에 소를 빌리러 남촌에 갔다 늦어서야 산목을 넘어오는데 꽤 먼 뒤에서 이상한 개울음 소리가 들려와 혼났다는 이야기를 꺼냈다. 흡사 병든 개가 앓는 듯한 소린가 하면, 누구에게 목이 매여 끌리면서 지르는 듯한 소리기도 하더라는 것이었다.

그런데 이상한 것은 누가 목을 잡아매어 끄는 것치고는 한자리에서 그냥 지르는 소리더라는 것이었다.

그래 지금 와서 생각하니 그놈이 아까의 미친개였는지도 모르겠다는 것이었다.

　쩍하면 남을 잘 웃기는 꾸밈말질을 잘해, 벌써부터 동네에서뿐 아니라 근동에서들까지 현세의 봉이 김선달이라 하여 김선달이란 별호로 불리는 사람의 말이라 어디까지가 정말이고 어디서부터가 꾸밈말인지를 분간하기 어렵다고 동네 사람들은 생각하는 것이었으나,

차손이 아버지가 김선달의 말 가운데 누가 개 목을 매 끌 때 지르는 것 같은, 그러면서도 한자리에서 그냥 지르는 개울음이더라는 대목에 무언가 생각 키우는 바가 있는 듯 담배침을 튀 뱉더니, 혹시 그것이 며칠 전 이곳을 지나간 서북간도 이사꾼의 개인지도 모른다는 말을 했다.

그 서북간도 나그네가 어느 나무에다 매논 것이 그만
발광을 해가지고 목에 맨 줄을 끊고 이렇게 동네로
들어온 것인지도 모른다는 것이었다.

그리고 짐승이란 오랫동안 굶으면 발광을 하는 법이라고
하며, 기실 김선달이 들은 개울음 소리는
이렇게 발광한 개가 목에 맨 끈을 끊으려고 지른
소리였음이 틀림없다는 것이었다.

　　그러나 거기 한자리에 앉았던 간난이 할아버지는
차손이 아버지의 말도 그럴듯하다고는 생각했지만
좀 전에 마누라에게서 들은,
아침에 동장네 방앗간에서 보았을 때나, 방아를 다 찧고
돌아오는 길에 이쪽 방앗간에서 보았을 때나,

그 신둥이개가 미친개로는 뵈지 않더라는 말이 떠올라,

좌우간 그 개가 참말 미쳤는지 어쨌는지 자기가 직접

보지 않고는 알 수 없는 일이라고 했다.

그 개가 미쳤건 안 미쳤건 이제 다시 동네로 내려올 것도

분명하니. 차손이 아버지도 그놈의 미친개가 이제

틀림없이 또 내려올 테니 모두 주의해야겠다고 했다.

　그런데 이때 벌써 신둥이는 어둠 속에 묻혀 서쪽 산을

내려와 조각 돼기 밭 새를 지나 반뜀걸음으로 동장네

집들을 찾아가고 있었다. 어둠 속에서도 주의성 있는

걸음걸이였다.

　언덕길을 올라서서는 멈칫 걸음을 멈추고 방앗간 쪽이며,

두 동장네 집 쪽을 살펴보는 것이었다.

그러고 나서야 아주 조심성 있는 반뜀걸음으로
큰동장네 집 가까이로 갔다.

　개구멍을 들어서니 검둥이는 이제는 신둥이와는
낯이 익다는 듯이 아무 으르렁댐 없이 맞아주었다.
신둥이는 곧장 구유부터 가서 핥기 시작했다.

　작은동장네 바둑이도 이제는 신둥이와는 낯이
익다는 듯이 맞아주었다.
여기서도 신둥이는 곧장 구유부터 가서 핥았다.

　작은동장네 집을 나온 신둥이는 동장네 방앗간으로 가
낮에 한물 핥아 먹은 자리며 남은 자리를 또 핥았다.

그러나 거기서 잘 생각은 없는 듯 그곳을 나와 다시
서쪽 산 밑을 향하는 것이었다.

　이튿날 아침, 일찍 일어나기로 유명한 간난이 할아버지가
수수깡 바자문을 열고 나오다가 방앗간 풍구 밑에 엎디어
있는 신둥이를 발견하고 되들어가 지게 작대기를 뒤에
감추어가지고 나왔다.
미친개기만 하면 단매에 죽여버리리라.

신둥이 편에서도 인기척 소리에 놀라 일어났다.
그러면서 어느새 신둥이는 꼬리를 뒷다리 새로 끼고
있었다.
저렇게 꼬리를 뒷다리 새로 끼는 게 재미적다(마음에
걸리어 편하지 아니하다는 뜻).

간난이 할아버지는 한자리에 선 채 신둥이 편을 노려보았다.
뒤로 감춘 작대기 잡은 손에 부드득 힘을 주며.

　그래도 주둥이에 거품을 물었다든지 군침을 흘린다든지
하지 않는 걸 보면 이 개가 미쳤대도 아직 그다지 심한
고비엔 이르지 않은 것 같았다. 눈을 봤다.

신둥이 편에서도 이 사람이 자기를 해치려는 사람인지
어떤지를 알아보기나 하려는 것처럼 마주 쳐다보았다.

미친개라면 눈알이 붉게 충혈되거나 동자에 푸른 홰를
세우는 법인데 도무지 그렇지가 않았다.
그저 눈곱이 끼어 있는 겁먹은 눈이었다.

이런 신둥이의 눈은 또, 보매 키가 장대하고
검은 얼굴에 온통 희끗희끗 세어가는 수염이 덮여
험상궂게만 생긴 간난이 할아버지의 역시 눈곱이 낀,
그리고 눈초리에 부챗살 같은 굵은 주름살이 가득 잡힌,
노리는 눈이긴 했으나 그래도 이 눈이 아무렇게 보아도
자기를 해치려는 사람의 눈이 아님을 알아챈 듯이 뒷다리
새로 껴 넣었던 꼬리를 약간 들기 시작하는 것이었다.

미친개가 아니다. 적어도 아직까지는 미치지는 않은 개다.
간난이 할아버지는 뒤로 감추었던 작대기 든 손을
늘어뜨리고 말았다.

　그러자 간난이 할아버지의 손에 쥐어진 작대기를 본
신둥이는 깜짝 놀라 허리를 까부라뜨렸는가 하자

쑥 간난이 할아버지의 옆을 빠져 달아나는 것이었다.
이런 신둥이의 뒤를 또 안뜰에 있던 누렁이가 어느새
보고 나왔는지 쫓기 시작했다.

간난이 할아버지는 언뜻 그래도 저 개가 미친개여서
누렁이를 물지나 않을까 하는 생각이 들어, 워어리
워어리 누렁이를 불렀다. 그러나 그때는 벌써 누렁이가
신둥이를 다 따라 막아섰을 때였다.

신둥이는 뒷다리 새에 꼈던 꼬리를 더 끼는 듯했으나
누렁이가 낯이 익다는 듯 저쪽의 코에다 이쪽 코를
갖다 대었을 때에는 신둥이 편에서도 코를 마주 내밀며
꼬리를 쳐들기 시작했다.
간난이 할아버지는 다시 한 번 미친개는 아니라고 생각했다.

이날 언덕을 올라선 신둥이는 그 길로 동장네 뒷산으로 올라가는 것이었다. 거기서 신둥이는 큰동장과 작은동장이 집에서 나가기를 기다리려는 듯이.

조반 뒤에 큰동장과 작은동장은 그 즈음 아랫골 천둥지기 논 작답(땅을 일구어 논으로 만드는 일)하는 데로 나갔다.

차손이네가 부치는 큰동장네 높디높은 다락배미(산골짜기의 비탈진 곳에 층층으로 되어 있는, 좁고 긴 논배미) 논을 낮추어 간난이네가 부치는 작은동장네 깊은 우물배미(우묵하게 들어간 논배미) 논에다 메워, 두 논 다 논다운 논을 만들려는 것이었다.

차손이네와 간난이네는 벌써 해토(얼었던 땅이 풀림)
무렵부터 온 가족이 나서다시피 해서 이 작답 부역을
해오고 있었다.

　큰동장, 작은동장이 작답 감독을 나간 뒤에도 한참 만에야
신둥이는 조심스레 산을 내려와 두 집의 구유를 핥았다.
방앗간으로 가 새로 앉은 먼지와 함께 겨도 핥았다.
뒷간에도 들렀다. 그러고는 그길로 다시 동장네 뒷산으로
올라가 어느 나무 밑에 엎디어버리는 것이었다.

그래 낮이 기울고, 저녁때가 지나, 밤이 되어 아주
어두워진 뒤에야 또 산을 내려와 두 집에 들렀다가
서쪽 산 밑 방앗간으로 돌아오는 것이었다.
돌아오는 길에 도랑에 고인 물을 핥아 먹고서.

아침마다 간난이 할아버지가 수수깡 바자문을 나서면

신둥이가 마치 간난이 할아버지보다 먼저 일어나기로

마음이라도 먹은 듯이 이미 방앗간을 나와 저쪽

조각 뙈기 밭 샛길을 걸어가는 뒷모양이 보이곤 했다.

이러한 어떤 날 밤, 신둥이가 큰동장네 구유를

한창 핥고 있는데 방문이 열리며 동장이 나왔다.

큰동장은 발소리를 죽여 광문 앞에서 몽둥이 하나를

집어 들고 살금살금 신둥이 뒤로 다가왔다.

그제야 신둥이는 진작부터 큰동장의 행동을 모르는 바

아니었으나 차마 구유에서 혓바닥을 뗄 수가 없어 그냥

있었다는 듯이 휙 돌아서 대문 쪽으로 달아나는 순간,

큰동장은 신둥이의 눈이 있을 위치에 이상히 빛나는
푸른빛을 보았다.
정말 미친개다, 하는 생각이 퍼뜩 큰동장의 머릿속을
스쳤으나 웬일인지 고함을 지를 수가 없었다.

　신둥이가 대문 옆 개구멍을 빠져나갈 때에야 큰동장은,
데놈의 미친가이 잡아랏 소리를 지르며 뒤를 쫓았다.
어둠 속에서도 신둥이가 뒷산 쪽으로 꺼불꺼불 달아나는
것을 알 수 있었다.

큰동장은, 데놈의 미친가이 잡아랏 소리를 연방 지르며
신둥이의 뒤를 그냥 쫓아갔다.
그러나 바싹 따라가 몽둥이질할 엄은 못 냈다.
자꾸 신둥이와 가까워지기가 무서워지는 것이었다.

그 대신 이번에는 큰동장의 입에서 미친가이 잡아랏

소리가 점점 더 그악스럽게 커가는 것이었다.

신둥이가 뒷산으로 올라가 뵈지 않게 되고, 거기서

몇 번 더, 데놈의 미친가이 잡아랏 소리를 지른 다음,

지금 이 큰동장의 고함 소리를 듣고 이리로 달려오는

작은동장이며 집안사람들 쪽으로 내려오면서 큰동장은,

일전에 김선달보고 그까짓 미친개 한 마리쯤 따라가다

무서워서 채 못 따라갔느냐고 나무라던 일이 생각나,

정말 지금 안뜰에서 단번에 그놈의 허리 중동을

부러뜨리지 못한 것도 분하지만 밖에 나와서도 기운껏

따라가면 따를 수도 있을 듯한 걸 무서워서 따라가지 못한

자신에게 부쩍 골이 치밀던 차라,

이리로 몰려오는 집안사람들을 향해, 너희들은 뭣들

하고 있느냐고, 버럭 소리를 지르는 것이었다.

　다음날 아침, 큰동장은 작답 감독 나가기 전에 서산

밑 동네로 와서 만나는 사람마다 그놈의 미친개 아주

진통으로 미쳤더라고, 어젯밤 눈알에 새파란 화를

세워가지고 달려드는 걸 겨우 몽둥이로 쫓아버렸다고,

그러니 이번에는 눈에 띄기만 하면 어떻게 해서든지

즉살을 시켜야지 큰일나겠더라는 말을 했다.

동네 사람들은, 벌써 어젯밤 이쪽 산 밑에서 빤히

들린 큰동장의 그악스런 고함 소리로 또 미친개가

나타났다는 걸 알고 있었으나

그 미친개가 눈에다 새파란 홰까지 세워가지고

사람에게 달겨들게 됐으면 이만저만하게 미친 게

아니라는 불안과 함께,

정말 눈에 띄기만 하면 처치해버려야겠다는 맘들을

먹는 것이었다.

그런데 신둥이 편에서는 신둥이대로 더욱 조심이나

하는 듯, 큰동장 작은동장에게는 물론,

크고 작은 동장네 식구 어느 한 사람에게도,

그리고 서쪽 산 밑 누구한테도, 눈에 띄지 않는 것이었다.

그러한 어떤 날 밤, 뒷간에 나갔던 간난이 할머니가

뛰어 들어오더니, 지금 막 뒷간에 미친개가 푸른 홰를

세워가지고 와 있다는 말을 했다.

언젠가 신둥이가 처음 이 마을에서 미친개로 몰렸을 때

자기 보기에는 그렇지 않더라던 간난이 할머니도 눈에

홰를 세운 신둥이를 보고는 정말 아주 미친개로 말하는

것이었는데, 이 간난이 할머니의 말을 듣고도 그냥

간난이 할아버지는 사람이나 개나 할 것 없이 굶거나

독이 오르면 눈에 홰가 켜지는 법이라는 말로,

그 개도 뭐 반드시 미쳐서 그런 건 아닐 거라는 말을 했다.

그러니 뭐 와서 다닌다고 그렇게 무서워할 건 없다고 했다.

그러다가 간난이 할아버지는 문득 신둥이가 자기네

뒷간에 와 있다는 것은 다름 아닌 자기네 귀중한 거름을

먹기 위함일 거라는 데 생각이 미치자 다짜고짜 밖으로

나가 지게 작대기를 들고 뒷간으로 갔다.

과연 뒷간 인분이 떨어지는 바로 그 자리에 번뜩

푸른 홰가 보였다.

이놈의 가이새끼! 소리와 함께 간난이 할아버지의

작대기가 뒷간 기둥을 딱 후려갈겼다.

푸른 홰가 획 돌더니 저편 바자 틈으로 희끄무레한 것이

빠져나가는 게 보였다.

   이런 일이 있은 후부터 신둥이의 그림자는 통 누구의

눈에도 띄지 않았다.

그러다가 그해 첫여름 두 동장네 새로 작답한 논에

때마침 온 비로 모를 내고 난 어느 날,

마을에는 소문이 하나 났다.

김선달이 조각 뙈기 밭에서 김을 매다가 쉴 참에
담배를 한 대 피우고 있노라니까 저쪽 큰동장네 뒷산
나무 새로 무언가 어른거리는 것이 있어 눈여겨보았더니
그게 다름 아닌 미친개더라는 것이다.

그런데 이 미친개는 혼자가 아니고 뒤에 다른 개들을
데리고 있더라는 것이다. 그것은 큰동장네 검둥이요,
작은동장네 바둑이요, 또 누구네 개인지는 분명치
않으나 한 마리 더 끼어 있더라는 것이다.

사실 이 김선달의 입에서 나온 말대로
큰동장네 검둥이며 작은동장네 바둑이가 이틀씩이나
집에 들어오지 않았다.

크고 작은 두 동장은 그놈의 미친개가 종시 자기네
개들을 미치게 해가지고 데려갔다고 분해하고 한편
겁나했다.

그런데 이때 동네에서는 간난이 할아버지가 집안사람들
보고 아예 그런 말은 내지 못하게 해서 모르고 있었지만
간난이네 개도 나가서 이틀씩이나 들어오지 않는
것이었다.

　그러는 동안 동네에서는 어제오늘 동장네 뒷산에서
으르렁대는 개소리를 들었다는 사람이 적지 않았다.
낮뿐 아니라 밤중에도 그런 소리를 들었다는 사람들이
있었다.

78

크고 작은 동장은 그놈의 미친개를 몰이해서 쳐 죽이지

않은 게 잘못이라고 분해했다.

  사흘 만에 크고 작은 동장네 개들은 전후해서 들어왔다.

간난이네 개도 들어왔다.

개들은 집에 들어오자마자 그늘을 찾아 엎디더니

침이 질질 흐르는 혀를 빼가지고 헐떡이다가 눈을 감고

잠이 들어버리는 것이었다.

이틀 새에 한결 파리해진 것 같았다.

  크고 작은 동장은 그날도 새로 작답한 논의 모낸

구경을 나갔다가 일부러 알리러 나온 절가의 말을 듣고,

그럼 됐다고, 들어온 김에 잡아치우자고,

절가와 간난이 할아버지를 앞세우고 들어왔다.

간난이 할아버지가 맨손으로 검둥이께로 갔다.

큰동장이랑 보고 있던 사람들은, 저 늙은이가 저러다
큰일나려고! 하는 마음으로 멀찌감치 떨어져 서서
바라보고만 있었다.

간난이 할아버지는 검둥이의 머리를 쓰다듬어주었다.
검둥이가 졸린 듯 눈을 다시 감으며 반갑다는 표시로
꼬리를 움직여 비모양(마냥) 땅을 몇 번 쓸었다.

간난이 할아버지가, 무엇이 이 개가 미쳤다고
그러느냐고 큰동장 편으로 돌아섰다.

그러나 큰동장은 아직 미쳐 나가게 되지 않은 것만은
다행이라고 하면서 눈을 못 뜨고 침을 흘리는 것만 봐도
미쳐가는 게 분명하니 아주 미쳐 나가기 전에
잡아치우자고 했다.

　절가가 미친개는 밥을 안 먹는다는데 어디 한번
주어보자고 부엌으로 들어가 밥을 물에다 말아가지고
나왔다. 그러나 검둥이는 자기 앞에 놔주는 밥을 무슨
냄새나 맡듯이 주둥이를 갖다 댔는가 하자 곧 도로
눈을 감아버리는 것이었다.
큰동장은, 자 보라고 했다.

　간난이 할아버지는 지금 검둥이가 저러는 것은 며칠
동안 수캐 구실을 하고 돌아온 탓이라고 했다.

그랬더니 큰동장은 펄쩍 뛰며, 그 미친가이하구? 그럼

더구나 안 된다고 어서 올가미를 씌우라는 것이었다.

그러면서 큰동장은 혼잣말처럼, 마침 초복날이 며칠

남지 않았으니 복놀이 겸 잘됐다고 했다.

　간난이 할아버지는 하는 수 없었다. 이미 개 목에

끼울 올가미까지 만들어가지고 섰는 절가의 손에서

밧줄을 받아가지고 그것을 검둥이의 목에 씌우고

말았다.

밧줄 한끝은 절가가 잡고 있었다. 절가는 재빠르게

목을 꿴 검둥이를 대문께로 끌고 가더니 밧줄을 대문턱

밑으로 뽑아가지고 잡아 죄었다.

뜻 않았던 일을 당한 검둥이는 아무리 깨갱 소리를

지르며 버르적거려도 쓸데없었다.

　검둥이의 깨갱 소리를 듣고 작은동장네 바둑이는

바라다뵈는 곳까지 와서, 서쪽 산 밑 개들은 한길까지

나와서 짖어댔다.

그러는 동안 검둥이의 눈에 파아란 불이 일고 발톱은

소용없이 땅바닥이며 대문턱을 마지막으로 할퀴고 있었다.

큰동장은 개 잡을 적마다 늘 보는 일이건만 오늘 검둥이의

눈에 켜진 불은 별나게 파랗다고 하며 아무래도 미쳐가는

개가 분명하다고 다시 한 번 생각하는 것이었다.

검둥이는 똥을 갈기고 그러고는 온몸에 마지막 경련을 일으키며 축 늘어지고 말았다.

작은동장네 집으로 갔다. 바둑이는 벌써 자기가 당할 일을 알아차린 듯 안뜰로 피해 들어가 슬슬 뒷걸음질만 치고 있었다. 그래 목에 올가미를 씌우는 데도 손이 걸렸다. 그리고 절가는 더 날쌔게 밧줄을 잡아당겨야 했다. 이렇게 해서 바둑이도 죽고 말았다.

뒤꼍 밤나무 밑에다 큰동장네 가마솥을 내다 걸었다. 개 튀길 물을 끓여야 했다.
그러는데 큰동장과 작은동장이 무슨 의논을 하는 듯하더니 절가더러, 북쪽 목 너머에 있는 괸돌마을의 동장과 박초시를 모셔오라는 것이었다.

두 마리의 개가 토장국 속에서 끓어날 즈음,
오른골을 포마드로 진득이 재워 붙인 괸돌동장과
잠자리 날개같이 모시 고의적삼에 감투를 쓴 뚱뚱이
박초시가 이곳 동장네 절가 어깨에다 소주 두 되를
지워가지고 왔다.

곧 술좌석이 벌어졌다. 먼저 익었을 내장부터 꺼내
술안주를 했다. 술이 두어 순배 돌자 큰동장이 먼저
저고리를 벗어젖히며,

"자 웃통들 벗읍세, 그리구 우리 놀민놀민 한번
해보세."
했다.

큰동장이나 작은동장은 지금 자기네가 먹는 개고기가
미쳐가는 개의 고기란 걸 말 않기로 했다. 그런 말을
해서 상대편의 식욕을 덜든지 하면 재미없는 일이니.

"초복놀이 미리 잘하눈."

하고 꾄돌동장이 웃통을 벗었다. 작은동장도 따라 벗었다.

박초시만은 모시적삼을 입은 채였다. 여태까지 아무런
술좌석에서도 웃통을 벗지 않을 뿐 아니라 오늘처럼
아무리 가까운 곳이라 해도 출입할 때 두루마기를 입지
않고 온 것만 해도 예의에 어그러졌다고 생각하는
박초시인지라, 그보고는 누가 더 웃통을 벗으라는 말을
하지 않았다.

"복날엔 우리 동리서 한번 해보디?"

하며 괸돌동장이, 그때는 한몫 얼려야(어울려야) 하네,
하는 뜻인 듯 박초시를 쳐다보니 박초시도 좋다는 듯이
고개를 한번 끄덕여 보였다.

괸돌동장이 그냥 박초시를 쳐다보며,

"왜 길손이네 가이 있디 않아? 걸 팔갔다네, 요새
길손이 채독 땜에 한창 돈이 몰리는 판이라 눅게(싸게)
살 수 있을 거야. 개가 먹을 걸 먹디 못해 되기 말랐디만
그 대신 틀이 커서 괜티않아."
했다.

박초시는 괸돌동장의 말이 다 옳다는 듯이 다시 한 번 감투 쓴 고개를 끄덕여 보였다.

　　개 앞다리의 살이 상에 올랐다. 뒷다리의 살이 상에 올랐다.

간난이 할아버지는 술안주를 당해내느라 분주히 고기를 뜯어야 했다.

그러는 새 저녁이 빠른 이곳에 어느덧 기나긴 첫여름날의 저녁 그늘이 깃들기 시작하였고,

술좌석에서는 한 되의 술이 아가리를 벌리고 자빠지자 이어 새 병이 들어와 앉았다.

모두 웬만큼씩 취했다.

큰동장도 이제는 취한 기분에 오늘 잡은 개는 사실은
미친개였다는 말과 미친개 고기는 보약이 되는 것이니
마음 놓고들 먹으라는 말쯤 하게 됐다.

그러면 괸돌동장은 또 맞받아, 보약이 되다 뿐인가,
이 가이고기가 별나게 맛이 있다 했드니 그래서 그랬군,
우리 배꼽이 한번 새빨개디두룩 먹어보세, 하고
이런 때의 한 버릇인 허리띠를 풀어
배꼽을 드러내놓기까지 하는 것이었다.

작은동장이 또 버릇인 자기 까까머리를 자꾸 뒤로
쓸어 넘기며 괸돌동장과 박초시에게, 개새끼 하나
얻어달라는 말을 했다.

괸돌동장이 먼저 받아, 마침 절골에 사는 자기 사돈집에

이즘 새끼 낳게 된 개가 있으니 염려 말라는 말로,

개종자도 참 좋다는 말을 했다.

여기서 작은동장은, 그거 꼭 한 마리 얻어달라고,

그래 길러서 또 잡아먹자고 했다.

  박초시는 그저 좋은 말들이라고 가만한 웃음을 띤 채

고개만 끄덕였다. 그러는 박초시의 등에는 땀이 배어

점점 흰 모시적삼을 먹어들어가고 있었다.

다른 세 사람의 벗은 등과 가슴에서는 개기름 땀이

번질거렸으나 모두 차차 저녁 그늘 속에 묻혀 들어가고

있었다.

절가가 남포등을 내다 밤나무 가지에 걸었다.

남폿불빛 아래서 개기름 땀과 괸돌동장의 포마드 바른

머리가 살아나 번질거렸다.

그리고 겔겔 풀어진 눈들을 하고 둘러앉아 잔을 돌리고

고기를 뜯고 그러다가 모기라도 와 물면 각각

제 목덜미며 가슴패기를 철썩철썩 때리는 것이란

흡사 무슨 짐승들이 모여 앉았는 것 같기도 했다.

괸돌동장이 소리를 한번 하자고 하며, 제가 먼저

혀 굳은 소리로 노랫가락을 꺼냈다. 작은동장이 그래도

꽤 온전한 목소리로 받았다. 박초시는 그저 혼자

조용히 무릎장단만 쳤다.

첫여름밤 희미한 남폿불 밑에서 이러는 것이 또 흡사

무슨 짐승들이 한데 모여앉아 울부짖는 것과도 같았다.

그러지 않아도 서쪽 산 밑 차손이네 마당귀에 모여
앉았던 사람들 가운데, 김선달은 전부터 개고기를 먹고
하는 소리란 에누리 없이 그때 잡아먹는 개가 살아서
짖던 청으로 나온다는 말을 해 모두 웃겨오던 터인데,
이날 밤도 괴돌동장과 작은동장의 주고받는 소리를 두고,
저것은 검둥이 목소리 저것은 바둑이 목소리 하여
사람들을 웃기는 것이었다.

그리고는 웃긴 김선달이나 웃는 동네 사람들이나 모두
한결같이 그까짓 건 어찌 됐든 언제 대보았는지 모르는
비린 것을 한번 입에 대보았으면 하는 생각뿐이었다.

이날 밤 큰동장네 뒤꼍 밤나무 가지에는 밤 깊도록
남포등이 또한 무슨 짐승의 눈알이나처럼 매달려 있었다.

다음날 크고 작은 동장은 서쪽 산 밑으로 와서 자기네
개 외에 다른 개 한 마리도 미친개를 따라다니는 걸
보았다니 대체 누구네 개인지 하루바삐 처치해버리라고
했다.

그리고 만일 자기네 개가 미친개 따라갔던 걸 알면서도
감추어두었다가 이후에 드러나는 날이면 그 사람은
이 동네에서 다 사는 날인 줄 알라는 말까지 하는
것이었다.

　물론 간난이 할아버지는 누렁이를 그냥 두었다.
닷새가 지나고 열흘이 지나도 미쳐 나가지 않았다.
그새 서산 밑 사람들은 오래간만에 방앗간 먼지를 쓸고
보리방아를 찧었다.

신둥이는 밤에 틈을 타가지고 와서는 방아 주인이

다 쓸어 가지고 간 나머지 겨를 핥곤 했다.

이런 데 비기면 이제 와서는 바구미 생기는 철이라고

동장네 두 집이 조금씩 자주자주 찧어가는 방앗간의

쌀겨란 말할 수 없이 훌륭한 것이었다.

　두 달이 지나도 누렁이는 미쳐 나가지 않았다.

서쪽 산 밑 사람들은 오조(일찍 익는 조) 갈(거두어들임)을

해 들였다. 방아를 찧었다.

가난한 사람들은 일 년 중에 이 오조밥 해먹는 일이

큰 즐거움의 하나였다.

어떻게 그렇게 밥맛이 고소하고 단 것일까.

그리고 가난한 사람들은 이런 오조밥을 먹으면서 옛말에, 오조밥에 열무김치를 먹으면 처녀가 젖이 난다는 말이 있는 것도 딴은 그럴 만하다고들 생각하는 것이었다.

이즈음 신둥이는 밤 틈을 타서 먹을 것을 찾아 먹고는 이 서산 밑 방앗간에 와 자곤 했다. 그동안 누구한테도 눈에 띄지 않아 얼마큼 마음이 놓이는 모양이었다. 그러나 다음날은 사뭇 일찍이 그곳을 나와 산으로 올라가는 것을 잊지 않았다. 간난이 할아버지의 눈에도 띄지 않게끔.

이러한 어떤 날, 동네에는 이전의 그 미친개가 서산 밑 방앗간에 와 잔다는 소문이 났다. 차손이 아버지가 보았다는 것이다.

아직 어두운 새벽에 달구지 걸댓감(물건을 걸어놓거나

가로 놓는 장대로 쓸 재료)을 하나 꺾으러 서산에 가는 길에

방앗간에서 무엇이 나와 달아나기에 유심히 보니

그게 이전의 미친개더라는 것이다. 그리고 이 미친개는

어두운 속에서도 홀몸이 아니더라는 것이다.

밤눈이 밝은 차손이 아버지의 말이라 모두 곧이들었다.

　언덕 위 크고 작은 동장이 이 말을 듣고 서산 밑

동네로 내려왔다. 오늘밤에 그 산개(지금에 와서는 크고

작은 동장도 그 개를 미친개라고는 하지 않았다.

그것은 그 개가 정말 미친개였더라면 벌써 아무것도 먹지

못하고 나중에 제가 제 다리를 물어뜯고 죽었을 것이라는

걸 알기 때문에)를 지켰다가 때려잡자는 것이었다.

홀몸이 아니고 새끼를 뱄다면 그게 승냥이와 붙어
된 것일 테니 그렇다면 그 이상 없는 보양제라고 하며,
때려잡아가지고는 새끼만 자기네가 차지하고 다른
고길랑 전부 동네에서 나눠 먹으라는 것이었다.

   밤이 되기를 기다려 크고 작은 동장은 서쪽 산 밑
동네로 와 차손이네 마당에 사람들을 모아가지고
제각기 몽둥이 하나씩을 장만해 들게 했다.

그 속에 간난이 할아버지도 끼어 있었다.
간난이 할아버지는 물론 그 신둥이 개가 전과
달라졌다고는 생각지 않았으나 이 개가 그동안도
자기네 집 옆 방앗간에 와 자곤 했으면 으레 자기네
귀한 뒷간의 거름을 축냈을 것만은 틀림없는 일이니,

그대로 내버려둘 수는 없다는 생각으로 이 기회에

때려잡아버리리라는 마음을 먹은 것이었다.

한편 동네 사람 누구나가 그렇듯이 이런 때 비린

것이라도 좀 입에 대어보리라는 생각도 없지 않아서.

    밤이 퍽이나 깊어 망을 보러 갔던 차손이 아버지가

지금 막 산개가 방앗간으로 들어갔다는 걸 알렸다.

동네 사람들은 벌써 제각기 입 안에 비린내 맛까지

느끼며 발소리를 죽여 방앗간으로 갔다.

크고 작은 동장은 이 동네 사람들과는 꽤 먼 사이를

두고 떨어져 서서 방앗간 쪽을 지켜보고 있었다.

    동네 사람들이 방앗간의 터진 두 면을 둘러쌌다.

그리고 방앗간 속을 들여다보았다. 과연 어둠 속에

움직이는 게 있었다.

그리고 그게 어둠 속에서도 흰 짐승이라는 걸 알 수

있었다. 분명히 그놈의 신둥이개다.

동네 사람들은 한 걸음 한 걸음 죄어들었다.

점점 뒤로 움직여 쫓기는 짐승의 어느 한 부분에

불이 켜졌다. 저게 산개의 눈이다.

동네 사람들은 몽둥이 잡은 손에 힘을 주었다.

이 속에서 간난이 할아버지도 몽둥이 잡은 손에 힘을

주었다. 한 걸음 더 죄어들었다. 눈앞의 새파란 불이

빠져나갈 틈을 엿보듯이 휙 한 바퀴 돌았다.

별나게 새파란 불이었다.

문득 간난이 할아버지는 이런 새파란 불이란 눈앞에 있는 신둥이개 한 마리의 몸에서 나오는 것이 아니고 여럿의 몸에서 나오는 것이 합쳐진 것이라는 생각이 들었다. 말하자면 지금 이 신둥이개의 뱃속에 든 새끼의 몫까지 합쳐진 것이라는.

그러자 간난이 할아버지의 가슴속을 흘러 지나가는 게 있었다. 짐승이라도 새끼 밴 것을 차마?

이때에 누구의 입에선가, 때레라! 하는 고함 소리가 나왔다. 다음 순간 간난이 할아버지의 양옆 사람들이 욱 개를 향해 달려들며 몽둥이를 내리쳤다.
그와 동시에 간난이 할아버지는 푸른 불꽃이 자기 다리 곁을 빠져나가는 것을 느꼈다.

뒤이어 누구의 입에선가, 누가 빈틈을 냈어? 하는
흥분에 찬 목소리가 들렸다.
그리고 저마다, 거 누구야? 거 누구야? 하고
못마땅해하는 말소리 속에 간난이 할아버지 턱 밑으로
디미는 얼굴이 있어,

　　"아즈반이웨다레."

하는 것은 동장네 절가였다.

　　그러자 저편 어둠 속에서 궁금한 듯 큰동장의,

　　"어떻게들 됐노?"

하는 소리가 들려왔다.

  "파투웨다."

  절가의 말에 크고 작은 동장이 한꺼번에 지르는

목소리로,

  "파투라니?"

하는 소리에 이어 큰동장의 이리로 걸어오는 목소리로,

  "틈새를 낸 놈이 누구야?"

하는 결난 소리가 들려왔다.

간난이 할아버지는 옆의 자기 집으로 들어갔다.

좀 뒤에 역시 큰동장의 결난 목소리로,

"늙은것은 뒈데야 해, 뒈데야 해."

하는 소리가 집 안까지 들려왔다.

이런 일이 있은 지 한 달쯤 뒤, 가을도 다 끝나고 이제

곧 겨울 나무 준비로 바쁜 어느 날,

간난이 할아버지는 서산 너머의 옛날부터 험한 곳이라고

해서 좀처럼 나무꾼들이 드나들지 않는,

따라서 거기만 가면 쉽게 나무 한 짐을 해올 수 있는

여웃골로 나무를 하러 갔다.

손쉽게 나무 한 짐을 해가지고 돌아오는 길에,

무심코 길 한옆에 눈을 준 간난이 할아버지는 거기

웬 짐승의 새끼가 뭉켜 있는 걸 보았다.

이게 범의 새끼나 아닌가 하고 놀라 자세히 보니,

그것은 다른 것 아닌 잠든 강아지들이었다.

그리고 저만큼에 바로 신둥이개가 이쪽을 지키고

서 있는 것이었다. 앙상하니 뼈만 남아가지고.

   간난이 할아버지가 강아지께로 가까이 갔다.

다섯 마린가 되는 강아지는 벌써 한 스무 날은 넉넉히

됐을 성싶었다.

그러자 간난이 할아버지는 다시 한 번 속으로 놀라고

말았다.

잠이 들어 있는 다섯 마리 강아지 속에는 틀림없는
누렁이가, 검둥이가, 바둑이가 섞여 있는 게 아닌가.

그러나 다음 순간, 이건 놀랄 일이 아니라 응당 그럴
일이라고,
그 일견 험상궂어 뵈는 반백의 텁석부리 속에 저절로
미소가 지어지는 것이었다.

좀 만에 그곳을 떠나는 간난이 할아버지는 오늘 예서
본 일은 아무한테나, 집안사람한테도 이야기 말리라
마음먹었다.

이것은 내 중학 이삼년 시절 여름방학 때 내 외가가 있는 목넘이마을에 가서 들은 이야기로,

그때 간난이 할아버지와 김선달과 차손이 아버지가 서산 앞 우물가 능수버들 아래에 일손을 쉬며 와 앉아 이런 이야기 저런 이야기 끝에 한 이야기다.

간난이 할아버지가 주가 되어 이야기를 해나가는 도중 벌써 수삼 년 전 일이라 이야기의 앞뒤가 바뀐다든지 착오가 있으면 서로 바로잡고, 빠지는 대목은 서로 보태가며 하는 것이었다.

간난이 할아버지는 여웃골에서 강아지를 본 뒤부터는
한층 조심해서 누가 눈치채지 못하게 나무하러 가서는
이 강아지들을 보는 게 한 재미였다.

사람이 먹기에도 부족한 보리범벅이었으나,
그 부스러기를 집안사람 몰래 가져다주기도 했다.

아주 강아지가 밥을 먹게쯤 됐을 때 간난이 할아버지는
집안사람들보고 아무 곳 아무개한테서 얻어오는 것이라
하며 강아지 한 마리를 안고 내려왔다.

한동네 곱단이네도 어디서 얻어준다고 하고 한 마리
안아다 주었다.

그리고 여웃골에서 그냥 갈 수 있는 절골 사는
아무개네도 한 마리, 서젯골 사는 아무개네도 한 마리,
이렇게 한 마리씩 다섯 마리를 다 안아다 주었다.

　이런 이야기 끝에, 간난이 할아버지는 지금 자기네
집에 기르는 개가 그 신둥이의 증손녀라는 말과 원체
종자가 좋아서 지금 목넘이마을에서 기르는 개란 개는
거의 다 이 신둥이의 증손이 아니면 고손이라고 했다.

크고 작은 동장네 두 집에서까지도 요새 자기네
개가 낳은 신둥이개의 고손자를 얻어갔다는 말도 했다.

이런 말을 하는 간난이 할아버지는 이제는 아주 흰
서릿발이 된 텁석부리 속에서 미소를 띠는 것이었다.

내가, 그 신둥이개는 그 뒤에 어떻게 됐느냐고
물었더니 간난이 할아버지는 금세 미소를 거두며,
그해 첫겨울 어느 사냥꾼의 총에 맞아 죽었다는 소문이
있었는데 사실 그 후로는 통 보지를 못했다는 것이었다.

나는 공연한 것을 물어보았구나 했다.